푸른 갈증

시와소금 시인선 · 098

푸른 갈증

설상수 시조집

시와소금

▌설상수 ‖ 薛尙洙

- 경상남도 밀양 출생.
- 부경대학교 교육대학원 졸업.
- 2016년 오누이시조 신인상 및《부산시조》신인상 당선.
- 2018년 을숙도문학상 우수상 수상.
- 한국시조시인협회, 오늘의시조시인회의, 부산시조시인협회 회원.
- 「시목」 동인.
- 현재 영남중학교 교장.

- E-mail : ssseol12@hanmail.net

많은 날을
한없이 설레는 마음으로
작은 씨앗 하나씩 묻었습니다.

햇살에 앉히고
물을 긷는 시간이 힘들어도
해마다 제 꽃을 피우는 아이들과
고마운 분들이 있었습니다.

이제야
무겁고 겨운 짐을 부리듯
설익은 열매 하나를
조심스레 펼칩니다.

2019년 여름 길목에서
설상수

| 차례 |

| 시인의 말 |

제1부 그냥 온 게 하나 없고

제2부 숲에서 읽다

제3부 물과 하늘과 바람의 수채화

제4부 마음의 양지

제5부 작은 기도

작품해설 | 박지현

제 1 부

그냥 온 게
하나 없고

마중물처럼

한 바가지 샘물을 정성스레 붓는다
무섭게 빨려드는 진공의 서늘한 갈망
단절된 시간을 풀어 콸콸 쏟는 한반도

다름도 낯설음도 일순간 사라진다
네가 초대하면 우린 마치 보란 듯이
언제든 부둥켜안는 참 넉넉한 강이 된다

산국

가을 산
꽃 잔치에
초대장을 못 받아서

뽀로통
뽀로통통
길섶에 나와 섰다

모르지
정말 모르지
여기 있음 만날지

코리안 드림

밤늦은 퇴근은 배꼽시계가 먼저 안다
허기를 엇달래려 나서는 시장거리
불빛만 만지작대며 분식집을 겉돈다

스스로 몰아세운 물낯선 이국 만 리
흙바람에 채여도 꿈이 익는 다짐 하나
불어날 한 살림 통장 돌아갈 집이 한 채

앉고 닐 방이래야 컨테이너 두 평 남짓
속상한 체불임금 베인 눈물 닦아내며
머리맡 가족사진을 꼭 껴안고 잠이 든다

미안하다

비탈진 교사 뒤편 후미진 바위 틈새
방 한 칸 터를 잡은 신접살이 홍매화
속눈썹 살짝 치켜 뜬
속다짐을 몰랐다

아직은 밤이 시려 주춤대는 가지마다
햇살을 뒤척이며 다투어 피는 망울
봐줄 이 누구 없는데
참 예쁘다 말 못했다

눈 밖에 나는 아이 속없이 매를 들다
창밖을 내다보며 흠칫 놀라 멈추었다
샛바람 눈길만 흘겨도
꽃잎 저리 아픈데

사랑의 온도

자는 밤 머리맡에서 아내 얼굴 엿본다
꽃 피고 이랑지는 날 왜 아니 없었을까
가끔씩 멎는 숨결에 가슴 철렁 내려앉고

가랑잎 한 장에도 설레는 가슴인데
복사꽃 환한 날은 애들 위한 밭을 갈고
고무줄 질끈 동여맨 귀밑머리 하얗도록

달력의 골목마다 허리끈 졸라맨다
그리고 남은 손은 나를 위해 화장을 하는
내 맘도 당신 같아야 한 편 시를 가꿀까

메주

볕 좋은
처마 밑에
온 사랑을 매달았다

햇살 한 되
바람 한 되
밤하늘 별빛도 한 되

아들딸
보고픈 마음
섣달 열흘 곰삭는

매화 피다

계절도 목이 말라 애가 타는 입춘 우수
해빙의 기척 몰래 지름길로 달려왔다
통도사 영각影閣 앞뜰에
이마 붉은 홍매화

찬바람 새벽부터 꽃만 보러 찾았을까
사람답게 사는 법을 슬며시 여쭸더니
스님은 수행 중이고
설중매를 보라네

사바를 씻어내려 젖몸살 앓고 있는
꽃샘의 깊이까지 재 놓았을 꽃망울
닫힌 듯 열리는 새봄
꽃보다 더 화엄이다

꽃무릇

떨치고 간 사랑이
잊었던 그 사랑이

새침한 반전몸매
새붉은 메이크업

우리가
언제 그토록
맹목으로 불탔던가

골목식당

한 집 건너 한 집은 백기가 나부낀다
차마 다 못 뱉는 역정을 묻어둔 채
별처럼 때를 견디는 말이 없는 서로다

하루가 벼랑인데 그림자는 멀어진다
불판을 외어앉아 말라가는 생선 꽁지
골목길 퀭한 바람을 손님인양 맞는다

계절은 속절없이 겨울로 향하는데
얇아진 가계부에 생각다짐 덧대지만
짊어진 만근 무게가 잔설 위에 절뚝인다

촛불광장

천주산
산등성이
손에 손 잡은 촛불

작정한 꽃샘바람
할퀴고 뒤흔들어도

아직은
너무 아파서
꺼질 수가 없습니다

오세암

서산에 지는 해는 불붙은 노루꽁지
출타한 큰스님은 길이 막혀 못 오시고

추녀에 매달린 달빛
반쯤 기운 적막 한 채

염불도 얼어붙은 긴긴밤 열두 굽이
미움을 벗으리라 합장으로 지새운 밤

동자승 못다 왼 법문
낙숫물이 읊는다

도마

쓸리고 긁힌 아픔
어찌 묵혀 참았을까

글썽이는 속눈물을
마취처럼 껴안으며

날마다
부르튼 입술
몰래 뺏긴 키스 자국

가을 수목원에서

수목원 산책길에 마주선 먹감나무
더 많이 베풀 걸 후회를 뒤척인다
그림자 깊은 옹이를 메워주는 가을볕

제 혈관의 피멍으로 단풍잎이 되듯이
열매가 온전토록 그 가지가 성하도록
서로의 시린 밑동을 덮어주고 재운다

더 줄 게 남았을까 까치밥 서넛 달고
낯빛도 천연스레 떫은 물 익어가는
사랑이 사랑을 앓는 참 고마운 만행

새봄

겨우내 감춰오던
푸른 갈증 서너 말

햇살이 꼭 보듬고
봄비가 토닥이면

채마밭
작은 울타리
들썩이는 봄·봄·봄

까치고개

발아래 한숨 바다 가슴에 묻고 산다
창문을 닦아 봐도 멀게만 느껴져서
물안개 발목 붙잡고 꿈길에도 매달리며

피난 때 지은 움막 벽돌 쌓고 지붕 올려
이제는 다리 펴고 시린 발 녹였으나
돌계단 굽어만 봐도 종지뼈가 쑤신다

시름도 넘쳐나면 꿈으로 일어설까
한술 밥 뜨다 말고 꺼내보는 한 장 사진
누가 저 깊은 환유를 잡아줄 이 없는가

박새가 살림 떠난 창가에 나와 앉아
오마지 않는 배를 짓무르도록 바라보며
산까치 보채는 소리 귀 모으고 듣는다

* 까치고개 : 부산시 서구 아미동과 사하구 괴정을 잇는 고개.

토란

자투리
그늘진 땅
마다한 적 없었다

감당할 무게로만
방울꽃을 빚다가

욕심이
닿기도 전에
홀연히 내려놓는다

제 **2** 부

숲에서 읽다

생강나무

이마를
서로 맞댄
산어귀
양지 녘에

바깥세상
궁금해서
마중 나온
햇병아리

서릿발
콩콩 콩 쪼며
햇살 캐는
나들이

봄, 숲에서 읽다

햇빛을 보기까지는 내 코가 석자였다
가랑잎 흙에 주고 잎눈은 숲이 되어
눈보라 돌개바람쯤 감당할 수 있었다

가끔씩 겨드랑이 알을 슬고 짓물러도
우듬지 몇 개 정도 피돌기를 멈출 뿐
몰랐지 내 발밑에서 푸른 별이 사는 줄

흙 묻은 작은 풀씨 허물을 다독이며
간벌목 구조조정 그 설움도 헤아리며
은사시 책 읽는 소리 파릇파릇 들린다

물봉선화

첫날밤
뜬눈으로
새벽이슬 맞을까

연초록 치맛자락
하얀 고무신 신고

이제 막
부뚜막 넘은
볼이 빨간 새색시

칡

아무도
모새밭을 일러 준 이 없기에
절개지 바위틈에 깨금발 딛고 섰다
햇살이 그리울수록
깊어가는 그늘의 멍

길 없는 길을 찾아 오르고 매달리며
가시밭 너덜길을 무르팍이 까지도록
나누어 가질 수 없는
비정규직 푸른 꿈

추경秋景

푸르른 여름날을 작심하듯 내려놓고
개울물 조심스레 몸집을 추스르는
정갈한 바람의 왼쪽
아스라한 풍경소리

찻물을 올려놓고 외로움을 따라가면
속 끓인 생각조차 달처럼 순해지고
오늘밤
그리운 이름
차곡차곡 쌓이겠다

겨울 나이테

먼 산은 등 떠밀고 일제히 닫은 산문
남은 곳간 다 비우고 달랑 남은 생활비
옥생각 걸어 잠그고 총명기를 쓰고 있다

별빛이 쏟아지면 야윈 밤 쟁여 맨다
무서리에 덴 상처 묵은 허물 풀어내며
싸락눈 빗금 친 강을 타박타박 걷는다

잘 여문 햇살이 산마루에 기웃대면
뾰족이 가르마 탄 떡잎을 꺼내보며
연초록 조바심들을 가지 끝에 매단다

아기단풍

가을볕이 오픈한
숲속의 작은 책방

산새들이 기웃대고
달빛이 머무르고

코끝이 빨개지도록
된서리와 맞선다

남산 마애불

얼마나 간절하면 산이 온통 부처일까
서라벌 내달리던 말고삐 내려놓고

이마엔 솔바람소리
목관악기 뜯고 있다

단아한 대자대비 절로 손이 모아진다
옷자락 여민 어깨 세월은 간 곳 없고

포석정 돌아드는 물만
천 년 두고 멈추었다

연꽃 담이

원 그려 손 모으면
진창에도 피는 불심

문설주 기대앉은
결 고운 연잎 바람

동자승
너는 알겠네
어느 보살 순정인지

동광동 산복도로

꽉 닫친 창문마다 허기가 기웃댄다
뜰 자리 없는 이들 이마를 서로 맞댄
저물녘 산복도로는 뱃고동이 붉게 운다

산 위에 터를 잡고 수평선 굽어보며
오지 않는 연락선을 기다리다 지쳐 잠든
아버지 새벽 꿈속은 눈보라 치는 흥남부두

하루치 품삯을 싣고 밤차가 돌아들면
외등의 모서리에 웅크린 찬바람도
어머니 종종걸음에 목이 메는 겨울밤

노자산 고로쇠

남녘의 봄소식은 내 피가 먼저 안다

피멍 든 그 자리에 젖무덤 두엇 품고

꼿꼿한 몸소름으로 옷고름을 푸는 이

다산초당에서

두견새 핏빛 울음 처마 끝에 걸린 밤
문장은 아직 멀고 찻잔 이미 식었는데
희미한 시안詩眼을 깨울 벗바리가 있을까

동백 숲 외길 따라 뒷짐으로 일다경一茶頃
차나무 이운 꽃이 길 밝히는 고갯마루
가난한 밤을 지피는 뜬눈인가 그대는

못다 한 정담인데 달은 정녕 기울고
한밤을 부라려도 결사結辭는 오직 하나
여염집 배곯는 소리로 새벽이 밝아온다

사랑은

별빛이
아름다운 건
멀리멀리 있기 때문

달빛이
황홀한 건
그림자가 있기 때문

그래서
우리 사랑은
멀고도 곁에 있고

화엄벌에서

계율戒律은 무엇이며 정토淨土는 어디인가
모든 것은 오로지 마음이 지어내는 것

간밤에 타는 목마름
꽃길을 되돌렸다

생각을 활짝 펴면 길은 외려 단순하다
천성산 넓은 벌에 수만 대중 깨친 화엄

억새꽃 수만 송이가
덩실덩실 춤을 춘다

산수유

할 말이 많은가봐
뽀로통 다문 입술

가만히 견줘 보면
제 엄마 꼭 빼닮은

봄보다
넌서 쌜룩한
예쁜 꽃띠 막내딸

제 3 부

물과 하늘과
바람의 수채화

대마등

진득이 정 붙이면 봄날을 만나겠지
꽃구름 깐 자리에 비 살짝 따라와서
푹 파인 뻘 가장자리 흉터에도 살이 찬다

어깨 걸고 얼싸얼싸 살바람 견뎌낸다
터 잡고 살다 보니 다복다복 숲이 되어
그 숲속 어디쯤엔가 텃새 이내 짝하고

서로를 닦달 않는 밀물과 썰물 사이
속없는 물안개가 자리를 물릴 때쯤
달팽이 등짐을 메고 뉘엿뉘엿 장에 간다

진우도 갈대

계절도 끝닿으면 파르라니 결이 선다
견디다 하얗게 삭은 정수리 숭숭해도
오롯한 **뼈**대 하나쯤 굽힐 수는 없는 거다

사리와 조금 사이 오금 저린 개펄마다
파도의 일기를 읽고 심줄을 불리지만
꽉 다문 아래윗니가 깃발보다 꼿꼿하다

얼음장을 건너온 굳은살이 만만찮다
지난 날 예매해 둔 새봄을 꺼내보며
등솔기 파란 사월을 꿈길에도 깁고 있다

무지개공단의 노을

힘겨운
속앓이를
말로는 다 못하는

공단의 쇳물같이 펄펄 끓는 서쪽 하구

오늘도 수고했어요
찐힌 얼굴
구릿빛

하단포구

물빛이 눈이 부신 노을 닮은 포구였다
허연 갈대 노사공이 찬거리 장만하고
아릿한 고깃배 몇 척
수채화로 걸려 있는

번지 잃은 물새가 가을볕에 조는 동안
도시의 떨켜 같이 살얼음을 걷는 어부
빌딩숲 피뢰침 위로
은회색 놀이 진다

아지매 재첩 동이 펄펄 뛰는 숭어 떼도
하굿둑 수문 아래 전설로나 잠겼으니
강물도 목줄에 감긴 채
꾸역꾸역 흐른다

수양버들

춘삼월 속적삼을
배어드는 시새움에

꽃 지면 틔울 잎은
꽃보다 먼저 피어

맞장 뜰 꽃샘추위를
쏘아보는 서 눈빛

가뭄

굴삭기에 덴 가슴 하나 둘 떠나갔다
팍팍한 조바심에 마른 비늘 세우지만
시퍼런 파충의 독은 이미 말라 버렸다

한 모금 녹조라떼 혀끝이 굳어진다
또 하루 위태로이 습도를 타전하며
토하고 가슴을 쳐도 하늘은 망명정부

먹구름 빠져나간 하구의 푸른 자궁
바람의 잠 속으로 햇살이 들어오고
웅크린 쪽잠을 펴면 물비늘도 보인다

수련

아뿔싸!
지난밤에
뭔 일이 있었을까

짓궂은 왜바람에
옴짝달싹 않더니

먼동이 트기도 전에
옷고름을 헤치다니

가덕도 어부

젊은이 모두 떠난 파도 절은 오두막집
출항은 하루치 품삯 바다의 뜻인 것을
몇 날을 그러고 나면
배가 먼저 몸져눕고

아무래도 정 둘 곳은 가덕도 산 일 번지
등대 같은 아내가 숨비소리 뿜어내면
도요새 줄행랑치듯
하루해가 저문다

낙동강 칠백 리

태백산 비탈굽이 다랑논 외진 골목
위뜸에서 아래뜸 허투루 않았는데
윤칠월 마른장마에 발잔등이 다 텄다

물안개 피워가며 골마다 물은 안부
궂은날 마다않고 야윈 몸 쟁이지만
갈수록 만신창이다 파헤치고 꿰매어

속으로 삼키느라 체한 날이 얼마일까
끌안고 다독이는 강물의 아랫도리
떠오는 풀씨 하나를 가슴으로 안는다

몰운대

불편하지 않아요 민물 짠물 안겨도
발아래 화엄이듯 모래톱을 펼쳐두고
반가이 파도를 맞는 하구의 푸른 등대

보내는 마음이야 서쪽 하늘 저편에
길 떠나는 쇠기러기 늘씬한 울음 따라
한아름 붉은 노을을 때마다 펼치고요

갈맷길 솔숲 따라 흙 내음 미역 냄새
손잡고 걷다 보면 솔향기 따라와서
목덜미 살짝 껴안는 바람으로 살래요

삼락 둑방길

활짝 핀 벚나무가
사열하는 둑을 따라

잊었던 옛사랑이
불타고 흩날리고

손잡은 짝지 마음도
난분분하면 어쩌나

입춘 무렵

얼마를 기다려야 가슴 뛰는 물빛일까
지분으로 받아든 뻘 한 뼘 짠물 한 컵
바람의 기억을 찾아
흰 눈발 툭툭 턴다

햇살의 기울기가 차오르는 크기만큼
토닥여 어깨 겯고 꺾이면 일어섰듯
을숙도 넉넉한 품속
은비늘이 돋는다

장자도

섣부른 잣대로 내 사랑을 재지 마라
팅팅 불은 발등에 얹혀 우는 파도를
얼마나 무너뜨려야
그대 곁에 닿을까

외로움의 문턱에 이정표를 내밀고서
오가는 어선에게 풍랑 소식 전해주며
서러운 해일에 맞서
가슴으로 우느니

수심보다 더 깊은 등 푸른 그리움을
은모래 편지지에 쓰고 또다시 쓰며
도요새 앉은자리에
은촛대를 켜는 섬

풀꽃

물소리 바람 소리
살갑기야 더 없고

활짝 핀 참꽃 벚꽃
신명도 신명이지만

내 마음
작은 시심이야
풀꽃보다 더 할까

겨울눈

낙동강 방죽 따라
꽃단풍 삼십 리 길
뜨거운 갈채 뒤에 이별은 낯이 설어
찬 서리 맵찬 바람에 하롱하롱 떨군다

비우고 다잡는 일 싫지가 않았을까
마지막 한 잎까지 보듬은 손이 맵다
암팡진 겨울 살림을 가지 끝에 맺으며

열심히 살았다고
열심히 살겠다고
붉어진 눈시울에 가난한 문패를 달며
먼 하늘 등을 떼밀어 햇살 한 줌 안는다

겨울 을숙도에서

살얼음 조각조각 잇대는 물결 따라
비오리 긴 자맥질 새벽을 두드리면
때맞춰 피어오르는 품속 깊은 물안개

긴긴날을 견뎌낸 그 정이 얼마일까
추신처럼 덧붙이는 큰 고니 긴 울음
강물도 그 품에 안겨 스르르 잠이 든다

햇살에 비쳐 보면 실금인 듯 아린 몸을
갈대의 숙명인 양 바람으로 참는 것은
아마도 다가올 봄이 머지않기 때문이다

제 **4** 부

마음의 양지

내 고향

여우비가 우려내는 산빛이 고운 봄날
어머니 넉넉한 탯줄 남천강 맑은 물길
삼문동 휘감아 돌며 씽그레 반기는 곳

무봉사 종소리가 합장하는 숲길 따라
모진 벼랑 껴안은 대숲에 다다르면
절절한 밀양아리랑 아랑아랑 들려온다

날 선 시간들이 순해지는 장터에서
설설 끓는 장국밥에 고명 얹은 청양초
아지매 얼큰한 정이 국물 속에 어린다

봄 수채화

때 이른 황사가 잔기침을 하는 오후
마당귀 할미꽃이 발그레 조는 곁에
누렁이
봄볕을 괴고
온뜸질을 하는 중

가루받이 시샘하는 꽃샘바람 등쌀에
햇살 바라 쫑긋한 수선화 여린 어깨
늙은 감
움 틔우느라
제 등만 긁어댄다

그리운 이름

시집 간 누이동생
이름이 나리인데

울 너머 개나리가
앞다퉈 피는 것은

어릴 적
예쁜 네 모습
보고 싶다는 그 말

부추전을 부치며

봄비에 토닥토닥 빗소리로 자랐다
토라진 짝지 얼굴 부추처럼 어려오고
큰누이 보고 싶은 날 꼽아보던 햇부추

오일장 좌판 위에 참빗처럼 가려 놓고
"요것은 첫물이여" 목소리가 혀에 감겨
어머니 붉은 입술도 부추처럼 파랬다

무료한 주말 오후 부추전 익어가면
뒤집개에 넘어가는 그리움 달이 뜨고
아내는 눈치 못 채는 그 시간을 달린다

참깨

어머니 생각나면
달려가는 누님 댁

부부가 마주 앉아
가을볕을 털고 있다

우리 집
묵은 살림도
참기름이 돌겠네

워낭소리

평생을 아내 몰래 한 여자를 훔쳤다
코뚜레 바투 꿰고 멍에도 씌웠건만
열두 살 부끄럼같이
눈동자가 맑은 여자

비탈진 언 밭에서 질펀한 무논에서
재갈을 물리고 한 짐 산을 지운 일
그 눈물 애써 외면한
채찍질 미안하다

삼랑진역

기다리는 열차는 아직 닿지 않았다
빛바랜 시간표가 고드름처럼 매달려
마지막 손님을 위해 낡은 불빛 닦는다

언제였나 두 뺨 가득
속절없이 붉어지던
설레는 마음 잠시 선로 같은 이별 뒤로
저마다 별 하나씩의 내일을 놓지 않았다

사글세,
형제자매,
등짐 잔뜩 짊어진 채
떠나고 돌아오는 발걸음 무거운데
하늘이 까무러쳐도 일어서는 우리다

고향집

휴가를 핑계 삼아 애써 찾은 형님 댁
울 너머 텃밭에는 남새가 초록 만평
울 형수 아픈 무릎이
북*처럼 부었겠다

갓 솎은 쑥갓 상추 양념도 바리바리
가는 길 못내 겨워 노을빛 서성대면
막힌다
어서 가거라
돌아서는 산그늘

* 북 : 식물의 뿌리를 싸고 있는 흙.

만추

쇠똥구리 곳간 차듯 가을이 도착했다
햇살도 허리 숙여 일손을 돕는 하오
시월의 가을마당은
허튼짓이 하나 없다

까칠했던 열대야 뙤약볕 죄다 뉘고
무서리 소슬바람 애면글면 품어 안은
서리태 검게 탄 얼굴도
좌르르 윤이 난다

뒤란

1

손때가 해묵으면 골동이 되는 건지
쇠스랑 호미 괭이 손발톱이 다 닳은
아버지 팔십 평생이 가지런히 쉬고 있다

2

어머니 장맛은 시집살이 훔친 눈물
아들딸 그리움이 꼬들꼬들 익어가고
또 하루 무탈한 날을 손 모으는 새벽달

목련 안부

올해도 어김없이
목련이 피었습니다

네 생각이 났다고
온종일 그랬다고

네게서
바래지 않게
같이 있는 내 마음

남천강 은어

성조의 크나큰 명을 누가 감히 막으랴
딱딱한 자갈 틈에 사지를 들이밀고

빛나는 고통을 넘어 은하수를 건넌다

너를 두고서는 아무 데도 갈 수 없다
살점은 강에 주고 등골은 올이 되어

상처의 물웅덩이에 무사한 애기별꽃

수마水魔

부도난 하늘이다
도무지 끝이 없는

태풍의 허연 뼈가
밤새 덤을 얹고

수몰된 마을회관 앞
반쯤 기운
  전
   봇
대

군불을 때며

아름드리 희나리를 불목까지 넣는다
듬쑥한 가장이의 팽팽한 레지스탕스
마지막 생을 비우는
눈물 자국 선연하다

사랑은 불꽃보다 덧정을 다하는 것
조선의 구들장은 불길을 마다 않고
긴긴밤 별들을 깨워
우리를 점지했구나

코스모스

저만치
동구 밖에
꽃대궁 수줍은 미소

아침이슬 핑계 삼아
뉘 맘을 빼앗느냐

실바람
선봉에 서서
눈 흘기는 저 심보

제 5 부

작은 기도

잃어버린 시간

제발 부탁이야 살아있다고 말해줘
끝끝내 대답 없는 그 상처 품은 바다
조금씩 잊혀져가는 두려움이 힘들다

불쑥불쑥 스미는 슬픔을 쟁여 둔 채
홀쳐맨 노란 리본 눈물이 힘들어서
가슴만 찢고 또 찢는 팽목항의 흰 파도

시퍼렇게 에인 듯 멀어지는 수평선을
짓물러 바라보면 통곡도 마르는데
놓아둔 송이 국화가 마파람을 견딘다

지심도 동백

널 향한 내 마음을 어떻게 전할까
벼랑길 힘들까 봐 맞잡은 갈매 터널
손꼽던 발소리 없어
새빨갛게 멍들어

여태껏 못다 한 말
끝끝내 못다 할 말
바람의 높이에서 먼 남녘 봄을 당겨
딱 한 번 목을 분질러
내 사랑을 전할 뿐

개망초

인간사 궁금하여
월세 든 두엄자리

한 짐 진 빚더미에
노새 마냥 휘인 등

위로가 되지 못하는
하얀 낱말 수백 개

오십 즈음

어설픈 오십 즈음
빈손이 내게 왔다
물려줄 무엇이 믿음 말고 더는 없어
멀찍이 바라만 보는 뒷산 마루 산그늘

억지는 내려놓고
군말도 삼가고
잘 사는 모든 것이 마음의 낮음임을
넌지시 손잡아 주는 아버지가 되어간다

마늘

이 땅의 사나이는
칼날이 두렵지 않다

쪼개고 으깰수록
되살아나는 혼불

누구도
뺏을 수 없는
조선의 성골이다

능소화

붙잡고 기어올라
임 뵈는 담장 가에

하마나 목을 뽑아도
설운임 아니 오고

그림자 지는 자리가
꿈결 마냥 부풉니다

행여나 찾으시면
내 모습 해실할까

땡볕 불볕 타는 해를
낯가리지 못하고

떨어져 나뒹굴어도
이울 수가 없습니다

작은 기도

가르치고 나무라는 숨 가쁜 일상 말고
첫사랑 가슴앓이 물 깊어 첨벙일 때
손잡게 내밀어주는
동아줄이 되고 싶다

힘들 때 받쳐주는 지게막대 삼각같이
이상과 현실 사이 계단 높아 휘청댈 때
등처럼 기대어 쉬며
한숨 한발 고르게

조류독감

태어날 그때부터 죽음을 곁에 둔다
진양호 비오리가 피를 토한 날에는
이유도
대책도 없는
살처분이 찾아왔다

조립된 생명처럼 저항력을 잃은 그들
가슴을 짓누르던 생산을 멈추는 순간
하늘로 오를 수 있는
사다리는 없었다

연탄을 갈며

마지막 불잉걸로
네 가슴 지핀다면

못다 한 고백쯤은
재가 돼도 좋겠다

뜨겁게 타오를수록
후회 없는 첫사랑

무척산 연리목

얼마를 사랑해야 그지없는 날이 되나
팔목이 빠지도록 허공에 길을 물어
저렇듯 비밀한 속살
합궁으로 지새는데

다시 태어나면 소나무로 살고 싶다던
어머니 가시는 길 지아비 마중 나와
다정한 저 모습처럼
깍지 끼고 가셨을까

엄마의 여름

생은 늘 그렇게 땡볕을 머리 인 채
그리움 잊기 위해 무릎을 꿇는 시간
손에 쥔 호밋자루도 관절염을 앓는다

흰 구름 놀다가는 언덕바지 뙈기밭
북주고 김매어 참빗처럼 일궈 놓은
울 엄마 놀이동산은 비타민이 지천이다

적잖이 보탰을까 새소리 바람소리
꽃잎은 꽃잎대로 제 몸 달아 한창이고
온종일 그 품에 안겨 긴긴해를 다 휜다

배롱나무

어머니
여윈 길은
한숨도 죄입니다

견딜수록
되살아나는
그리움은 가없어

무덤가
붉은 꽃망울
펑펑 울며 핍니다

매미에게

울어도 좋다
목놓아 울어도

봄부터 자리 잡은
풀꽃들 관객 삼아

사랑가
푸른 와창에
깊어가는 여름밤

자갈치 아지매

구수한 사투리를 좌판에 펼쳐두고
오이소 보이소 굴캉 멍게 사이소
등 푸른 바다를 건넌 오대양이 펄떡인다

피난 시절 터를 잡은 함경도 아지매
IMF 때 울며 나선 손등 하얀 새댁도
피 비린 새벽 먼 길은 낯설고도 겨웠다

간만이 찾은 단골 발길이 끊어질까
하루쯤 쉬는 날은 꿈속에도 촉이 서고
못 다 판 생선들 모두 꾀병으로 눕는다

타는 목마름

보내온
고운 시집
몇 번을 새겨 읽어

곱다시
이는 파문
잠 못 드는
하얀 밤

우러러
저 별 다 헤면
한 줄 시가 될까나

한발 빠르거나, 혹은 느린
그리움의 미학

박 지 현

(시인 · 문학박사)

한발 빠르거나 혹은, 느린
그리움의 미학

박 지 현
(시인 · 문학박사)

 기러기는 너무 높이 날아서 땅 위의 사람들은 그것이 무슨 새인지 분간하기 어려웠는데, 물오리가 흔한 월나라 사람들은 물오리를 많이 보아온 탓에 물오리라 여겼고, 제비가 흔한 초나라 사람들은 제비를 많이 보아왔기 때문에 제비라고 여겨왔다는 고사가 있다. 거리가 멀어서 대상을 가늠하기가 어려울 것이라는 존재 관념은 객관적 실재라 하고 물질에 대한 우리의 생각은 사고라 한다. 시에서는 물질이 먼저냐, 사고가 먼저냐가 굳이 중요하지 않다. 이 둘이 다르다는 철학적 분석, 즉

군이 유물론과 관념론으로 구분 짓지 않더라도 시에서는 쉽게 융합하며 이행되기 때문이다.

설상수 시인의 작품에서 발견된 생명 인식과 그리움, 연민, 사랑, 동류의식, 성찰과 발견은 대상으로부터 기인한 것이지만 대상을 있는 그대로 받아들이는 것이 아니라 어떻게 내재화하는가에 따라 구체적 이미지로 형상화된다.

평생을 가르치는 일에 종사하면서 획득된 타자에 대한 배려가 뼛속 깊이 내재화된 시인의 시선은 자연과 일상에서까지 따뜻함으로 현현한다. 극히 미미하고 작은 대상일지라도 그 대상이 가진 결을 허투루 보아내지 않는 것이다. 그뿐만 아니다. 포착된 대상에만 시선을 국한하는 것이 아니라 그 이면의 세계, 감추어진 내면의 세계까지 확장한다. 대상에 대한 정서적 환기와 섬세한 결을 다듬고 매만지는 넉넉함은 익숙하면서도 낯선 시선을 불러오고 시편 곳곳에서 감지되는 예리함과 함께 감동으로 펼쳐진다. 한발 빠르기도 하고 한 걸음 더뎌 오기도 한다. 이 요소들은 생명 인식과 계절에 따른 시간적 공간적 요소뿐만 아니라, 혈육을 향한 그리움, 극히 사소한 주변의 대상을 새롭게 환기하고 있다.

1.

설상수 시인은 자연상관물을 마주할 때 그 대상의 외면적 현실에 시선을 국한하지 않고 교감을 통해 정서적 이완을 이끈다. 특히 꽃을 소재로 한 작품은 시인의 따뜻한 시선과 정서적 교감이 교차하면서 대상이 지닌 다양한 표정을 잘 짚어낸다. 가까이 다가가서 툭툭 건드려 주는가 하면 이야기를 걸기도 한다. 대상에게 가까이 다가간다는 그 자체가 일차적인 대화일 터인데 눈으로 보고 단순하게 그냥 지나치지 못하는 여린 심성을 가졌다는 것이다. 「산국」「매화 피다」「꽃무릇」「물봉선화」「코스모스」「수련」「능소화」「지심도 동백」「목련 안부」「산수유」「생강나무」 등 다년초와 꽃나무뿐만 아니라 「토란」「칡」「수양버들」「아기단풍」 등 꽃과 잎 그리고 열매까지 함께 즐길 수 있는 식물에도 따뜻한 시선을 보내고 있다.

가을 산
꽃 잔치에
초대장을 못 받아서

뽀로통
뽀로통통

길섶에 나와 섰다

모르지
정말 모르지
여기 있음 만날지

—「산국」전문

　가을이면 집 근처 화단이나 길섶에서 자주 만나는 작고 노
란꽃의 '산국'은 꽃 색이 선명할 뿐만 아니라, 향기 또한 좋다.
너무 강렬하지도 않고 너무 심심하지도 않은 가을꽃이다. 시인
은 '산국'의 이름을 가진 가을 국화에 연민을 느낀다. 응당 산
국이므로 산중에서 화려하게 피어야 할 터인데 고작 길섶에 나
앉은 것을 애처롭게 여기고 있다. 하지만 거리 따위는 중요하지
않다. 존재 관념 즉 물질이 중요하지 않은 것이다. 시적 자아
가 보아낸 존재와 대상이 가진 아름다움이 더 중요한 것이다.
그 작은 생명이 가진 사랑이 중요한 것이다. '가을 산/ 꽃 잔치
에/ 초대장을 못 받아서'라고 안타까이 여기면서 '뽀로통/ 뽀
로통통/ 길섶에 나와 섰다'고 존재자의 위치를 발설한 것은 그
다음의 구절을 말하고 싶어서이다. '모르지/ 정말 모르지/ 여기
있음 만날지'라는 반전의 미학을 위해서이다. 산중에서 피어난
존재자의 모습 또한 아름다울 것이고 또 누구든 만날 것이지

만 길섶에 피어있어서 특별한 시선을 받으며 주목을 받는 생명 인식은 시적 자아의 각별한 서정의 발로이기 때문이다.

떨치고 간 사랑이
잊었던 그 사랑이

새침한 반전몸매
새붉은 메이크업

우리가
어제 그토록
맹목으로 불탔던가

— 「꽃무릇」 전문

첫날밤
뜬눈으로
새벽이슬 맞을까

연초록 치맛자락
하얀 고무신 신고

이제 막

부뚜막 넘은

볼이 빨간 새색시

―「물봉선화」 전문

　대상이 가진 삶의 조건에 천착하는 시인의 모습은 시편 곳곳에서 발견하게 되는데 가까이 들여다보고 나서도 더 가까이 다가가는 특징을 보인다. 「꽃무릇」의 외연이 가진 화려함과 「물봉선화」가 가진 소박함은 서로 크기와 질감이 다른 대상인데도 동질성을 보이는 것도 그렇다. 꽃무릇이 가진 '새붉은 메이크업'의 붉고 강렬한 색조가 물봉선화의 볼이 빨간 새색시'에서 유사한 존재감의 합일을 보여주고 있다는 데서 시인의 미적 발견이 돋보인다. 더 나아가 '물소리 바람 소리/ 살갑기야 더 없고//활짝 핀 참꽃 벚꽃// 신명도 신명이지만// 내 마음/ 작은 시심이야/ 풀꽃보다 더 할까'(「풀꽃」 전문) 와 '인간사 궁금하여/ 월세 든 두엄자리// 한 짐 진 빚더미에/ 노새 마냥 휘인 등// 위로가 되지 못하는/ 하얀 낱말 수백 개'(「개망초」 전문) 기 가진 작고 여린 생명에게까지 그 존재감을 확대하고 있다.

계절도 목이 말라 애가 타는 입춘 우수
해빙의 기척 몰래 지름길로 달려왔다
통도사 영각影閣 앞뜰에
이마 붉은 홍매화

찬바람 새벽부터 꽃만 보러 찾았을까
사람답게 사는 법을 슬며시 여쭸더니
스님은 수행 중이고
설중매를 보라네

사바를 씻어내려 젖몸살 앓고 있는
꽃샘의 깊이까지 재 놓았을 꽃망울
닫힌 듯 열리는 새봄
꽃보다 더 화엄이다

―「매화 피다」전문

널 향한 내 마음을 어떻게 전할까
벼랑길 힘들까 봐 맞잡은 갈매 터널
손꼽던 발소리 없어
새빨갛게 멍들어

여태껏 못다 한 말

끝끝내 못다 할 말
바람의 높이에서 먼 남녘 봄을 당겨
딱 한 번 목을 분질러
내 사랑을 전할 뿐

— 「지심도 동백」 전문

올해도 어김없이
목련이 피었습니다

네 생각이 났다고
온종일 그랬다고

네게서
바래지 않게
같이 있는 내 마음

— 「목련 안부」 전문

위의 세 편의 꽃들은 모두 나무에서 핀 꽃이다. 혹한을 이겨
내고 피워올린 생명의 미적 결과물이다. 「매화 피다」와 「지심도
동백」의 경우는 늦은 겨울이거나 매우 이른 봄에 절정을 이룬

다. 겨울과 봄을 걸쳐서 피어나는 붉은 꽃이라서, 남녘의 작은 섬에서 군락을 이루며 피는 열정의 꽃이라서 보는 이를 더욱 황홀경에 빠뜨린다. 추위를 벗어던진 꽃의 향연은 화려하게 올 필요는 없다 '계절도 목이 말라 애가 타는 입춘 우수'에 '해빙의 기적 몰래 지름길로' 달려오면 그만이었다. 정작 시적 자아는 꽃을 보러왔다는 핑계로 슬며시 '사람답게 사는 법'에 대해서 질문을 던진다. 하지만 '스님은 수행 중'이다. 굳이 무슨 답이 필요할 것인가. '닫힌 듯 열리는 새봄/ 꽃보다 더 화엄'인 것을. '여태껏 못다 한 말/ 끝끝내 못다 할 말' 일망정 기어이 전해야 하는 시적 자아의 소망은 '딱 한 번 목을 분질러/ 내 사랑을 전' 하는 일이다. 봄이면 한꺼번에 피어나는 꽃들은 언뜻 비슷한 소망과 열정을 피워올리는 것 같시만 그것을 바라보는 이에게 제각기 달리 피어난다. '올해도 어김없이/ 목련이 피었습니다'(「목련 안부」)에서 해마다 피어나는 꽃을 바라보는 시적 자아의 소망 역시 '네게서 바래지 않게/ 같이 있는 내 마음'을 확인해야 한다. 마음을 확인하는 것이야말로 굳이 대상과의 거리가 필요하지 않다는 것을 알 수 있다.

2.

설상수 시인은 계절 인식에도 각별하다. 시편의 많은 부분을 계절적 요소가 차지한다. 자세히 들여다보면 반복된 시어를 통해 확인된 시적 대상의 배경이 시인이 지향하는 내면세계와 합일된다. 이는 성향도 있겠지만 가르치는 직업에 오래 종사해온 삶의 여정과도 무관하지 않아 보인다. 시적 대상과 맞닥뜨릴 때 그 대상의 속성을 파악하고 함께 울어주거나 함께 웃어주는가 하면 더불어 껴안으면서 체온을 나누는 습관적 동력이 진하게 느껴진다. 「작은 기도」 「사랑은」을 지나 「입춘 무렵」 「봄, 숲에서 읽다」 「새봄」 「봄 수채화」와 「매미에게」 「가을 수목원에서」 「겨울눈」을 통해 파악된 세계는 대상이 가진 여린 몸짓이거나, 계절의 순연한 자태이거나 생명에의 강한 의지이다. 대상과 맞닥뜨려 발견하고 스스로 성찰에 든 시적 자아이다.

가르치고 나무라는 숨 가쁜 일상 말고
첫사랑 가슴앓이 물 깊어 첨벙일 때
손잡게 내밀어주는
동아줄이 되고 싶다

힘들 때 받쳐주는 지게막대 삼각같이
이상과 현실 사이 계단 높아 휘청댈 때
등처럼 기대어 쉬며
한숨 한발 고르게

　　　　　　　　　　─「작은 기도」 전문

별빛이
아름다운 건
멀리멀리 있기 때문

달빛이
황홀한 건
그림자가 있기 때문

그래서
우리 사랑은
멀고도 곁에 있고

— 「사랑은」 전문

시 「작은 기도」는 시인의 지난 삶의 여정을 잘 보여준다. 직업으로서의 가르치는 일에 자신의 대부분을 소진하고 있음을 알 수 있다. 교육자로서 살아가는 일차적인 소명은 모르는 것을 가르쳐주고 잘못된 길을 걸으면 바로 잡아주고 타이르는 일이다. 바른길로 갈 수 있도록 훈육하고 계도하는 것이다. 하나 온몸과 마음을 다해 평생 걸어온 교육의 여성을 놓고 이제 다르게 살고 싶다 한다. '가르치고 나무라는 숨 가쁜 일상 말고/ 첫사랑 가슴앓이'처럼, 그 가슴앓이가 '물 깊어 첨벙일 때' 두근두근하는 삶을 살고 싶다고 토설한다. 외연과 내연의 합치를 이루는 '손잡게 내밀어주는/ 동아줄이 되고 싶'은 시적 자아의 고백은 그 이하도 그 이상도 아니다. 기저에 깊이 뿌리 내린 사랑의 삶을 살고자 소망하는 것이다. '별빛이/ 아름다운 건/ 멀리멀리 있기 때문'이라며 겉으로 보이는 엄한 모습이 아니라 삶의 본질에 준거한 부드럽고 여린, 내재한 사랑의 본질을 말하고자 한다. '우리 사랑은 멀고도 곁에 있'음을 고백한다. 사랑의 강인한 힘으로 타자가 처한 어려움이나 절망을 이겨낼 수 있는 존재가 되고 싶은 것이다. '이상과 현실 사이 계단 높아 휘청일 때' 지게막대 삼각같이 온몸을 다시 한번 내던지는 희생의 삶을 살고 싶은 간절함을 보여주는 것이다.

햇빛을 보기까지는 내 코가 석자였다
가랑잎 흙에 주고 잎눈은 숲이 되어
눈보라 돌개바람쯤 감당할 수 있었다

가끔씩 겨드랑이 알을 슬고 짓물러도
우듬지 몇 개 정도 피돌기를 멈출 뿐
몰랐지 내 발밑에서 푸른 별이 사는 줄

흙 묻은 작은 풀씨 허물을 다독이며
간벌목 구조조정 그 설움도 헤아리며

114

은사시 책 읽는 소리 파릇파릇 들린다

　　　　　 ―「봄, 숲에서 읽다」 전문

울어도 좋다
목놓아 울어도

봄부터 자리 잡은
풀꽃들 관객 삼아

사랑가
푸른 완창에
깊어가는 여름밤

　　　　　 ―「매미에게」 전문

　봄은 만물의 소생을 알리나 단지 보여주는 것에 그치지 않는
다. 눈 앞에 펼쳐진 대상뿐만 아니라 내재한 존재, 즉 생명의 신
비를 느낄 때 온몸에 전율을 느끼게 한다. 눈으로 확인할 때 보
다 온몸으로 전해지는 살아 꿈틀거리는 존재의 신비로운 가치
에 눈뜰 때 대상을 바라보고 느끼는 것은 보이는 것과 전혀 다
른 감각의 세계를 불러온다. '햇빛을 보기까지는 내 코가 석자

였다…눈보라 돌개바람쯤 감당할 수 있었다' 눈앞의 세계, 보이는 세계가 전부였고 그 세계에서 존재의 깨달음을 향해 달려가던 시적 자아는 깜짝 놀라고 만다. '몰랐지 내 발밑에서 푸른 별이 사는 줄' 하며 자신에게 새 세상을 밝혀 보인다. 생명의 신비는 봄 숲에서 일어나고 있는 세상이 현실과 다름없는 것임을 깨닫게 한다. '간벌목 구조조정 그 설움도 헤아리며' 파릇파릇 돋아나는 생명의 강인함에 귀를 열어둔다. 그것은 '울어도 좋다/ 목놓아 울어도'에 이르며 여름을 향해, 생명의 완고한 세계를 향해 달려가게 한다. '사랑가/ 푸른 완창에/ 깊어가는 여름밤'은 드넓은 세계를 향해 달려가는 생명의 질주일 것이다.

발아래 한숨 바다 가슴에 묻고 산다
창문을 닦아 봐도 멀게만 느껴져서
물안개 발목 붙잡고 꿈길에도 매달리며

피난 때 지은 움막 벽돌 쌓고 지붕 올려
이제는 다리 펴고 시린 발 녹였으나
돌계단 굽어만 봐도 종지뼈가 쑤신다

시름도 넘쳐나면 꿈으로 일어설까
한술 밥 뜨다 말고 꺼내보는 한 장 사진

누가 저 깊은 환유를 잡아줄 이 없는가

박새가 살림 떠난 창가에 나와 앉아
오마지 않는 배를 짓무르도록 바라보며
산까치 보채는 소리 귀 모으고 듣는다

— 「까치고개」 전문

    시인은 대도시 부산에서 만나는 강인한 삶의 형태에 주목한다. 그 옛날 한국전쟁 무렵, 임시수도이자 피난민들의 마지막 거처가 되어 주었던 부산. 그때의 상흔, 그곳만의 특수성이 아직도 많이 남아 있는 것을 눈여겨보고 있다. 잊지 않기 위해서다. 아는 사람 다 아는 이야기이긴 하지만 그래서 으레 그러려니 하지만 시인은 여전히 현재진행형인 삶의 이야기에 귀를 열어두고 있다. 날로 늘어가는 고층빌딩과 번화한 도심의 경관에 밀려 이젠 거의 잊히고 있는 오래된 산 중턱의 상처 난 삶을 외면하지 못하는 것이다. '발아래 한숨 바다 가슴에 묻고 산다… 물안개 발목 붙잡고 꿈길에도 매달리며// 피난 때 지은 움막 벽돌 쌓고 지붕 올려/ 이제는 다리 펴고 시린 발 녹였으나/ 돌계단 굽어만 봐도 종지뼈가 쑤신다'는 것에서도 과거가 여전히 현재진행형이라는 것을 알게 한다. 지난 시간은 지나간 대로 놓아두었지만 '한술 밥 뜨다 말고 꺼내보는 한 장 사진'에서 확

인할 수 있듯 쉽게 해결할 수 없는 이산의 **뼈** 시린 현실을 함께
가슴 아파하고 있다.

꽉 닫힌 창문마다 허기가 기웃댄다
뜰 자리 없는 이들 이마를 서로 맞댄
저물녘 산복도로는 뱃고동이 붉게 운다

산 위에 터를 잡고 수평선 굽어보며
오지 않는 연락선을 기다리다 지쳐 잠든
아버지 새벽 꿈속은 눈보라 치는 흥남부두

하루치 품삯을 싣고 밤차가 돌아들면
외등의 모서리에 웅크린 찬바람도
어머니 종종걸음에 목이 메는 겨울밤

— 「동광동 산복도로」 전문

구수한 사투리를 좌판에 펼쳐두고
오이소 보이소 굴캉 멍게 사이소
등 부른 바다를 건넌 오대양이 펄떡인다

피난 시절 터를 잡은 함경도 아지매

IMF 때 울며 나선 손등 하얀 새댁도
피 비린 새벽 먼 길은 낯설고도 겨웠다
(하략)

　　　　　　　　　—「자갈치 아지매」 부분

한 집 건너 한 집은 백기가 나부낀다
차마 다 못 뱉는 역정을 묻어둔 채
별처럼 때를 견디는 말이 없는 서로다
(중략)

계절은 속절없이 겨울로 향하는데
얇아진 가계부에 생각다짐 덧대지만
짊어진 만근 무게가 잔설 위에 절뚝인다

　　　　　　　　　—「골목식당」 부분

　시인의 시선은 삶의 진득한 현장을 따라 둥글게 피어난다.
부산에는 산복도로가 많다. 영도 봉래산, 송도와 부민동, 동광
동과 영주동 일대가 고층아파트처럼 집들이 높다랗다. 산 중
턱은 물론 꼭대기 높은 곳까지 집들이 다닥다닥 붙어있는데 멀
리서 보면 마치 그리스의 집들처럼 풍광이 아름답다. 그 속에

는 많은 골목이 숨어 있는데 우리는 그 골목을 산복도로라 부른다. 산복도로를 오르내리는 차량과 사람들은 매우 다양한데 수십 년 붙박이인 마을 사람들이 아직도 많다고 한다. '산 위에 터를 잡고 수평선 굽어보며/ 오지 않는 연락선을 기다리다 지쳐 잠든/ 아버지 새벽 꿈속은 눈보라 치는 흥남부두'에서 아직도 이산의 피멍을 가슴에 끌어안고 사는 그 때의 피난민의 삶을 들여다볼 수 있다.

그뿐 아니다. '구수한 사투리를 좌판에 펼쳐두고/ 오이소 보이소 굴캉 멍게 사이소/ 등 푸른 바다를 건넌 오대양이 펄떡인다'와 같은 억척의 삶을 살아내는 자갈치 아지매의 삶을 만난다. '피난시절 터를 잡은 함경도 아지매/ IMF 때 울며 나선 손 등 하얀 새댁도/ 피비린 새벽 먼 길은 낯설고도 겨웠다'를 보면 시인의 시선은 단지 보이는 것에 머물지 않고 그 안에 꽁꽁 감춰둔 슬픔이나 상처나 희망 같은 것을 찾아내고 있음을 알 수 있다. 거리 곳곳, 골목의 삶에도 시인은 연민을 보낸다. '한 집 건너 한 집은 백기가 나부낀다…계절은 속절없이 겨울로 향하는데…짊어진 만근 무게가 잔설 위에 절뚝'이고 있음을 보았다. 장사가 잘 안되는 골목의 식당은 험난한 삶의 질곡에서 절뚝이고 있는 것이다.

그 외, 「삼락 둑방길」 「몰운대」 「낙동강 칠백 리」 「진우도 갈대」 「가덕도 어부」 「무지개공단의 노을」 「대마등」 「하단포구」 「겨울 을숙도에서」 「장자도」와도 같은 작품을 통해 차곡차곡 그 속에 감춰진 이면의 세계를 들추고 껴안기도 한다. 공간의 이동을 통해 만난 질곡의 삶의 현장을 하나하나 들여다보고 헤아린다는 것은 함께 나눈다는 것이며 융합한다는 것이다.

3.

설상수 시인의 작품에서 유독 눈길을 끄는 부분이 있다. 고향과 어머니에 관한 것이다. 요란하지 않으면서 톡톡 튀어 오르는 감성을 느낄 수 있다. 여기서 어머니는 곧 고향이며 고향은 곧 어머니와 형제를 함께 느끼는 공간이면서 시적 대상이 된다. 자식의 나이가 아무리 많아도 부모보다 많을 수 없다. 늙은 자식도 부모를 그리워하고 품을 아쉬워하는 것이다. 아래의 시를 살펴본다.

생은 늘 그렇게 땡볕을 머리인 채
그리움 잊기 위해 무릎을 꿇는 시간
손에 쥔 호밋자루도 관절염을 앓는다

흰 구름 놀다가는 언덕바지 뙈기밭
북주고 김매어 참빗처럼 일궈 놓은
울 엄마 놀이동산은 비타민이 지천이다

(하략)

――「엄마의 여름」 부분

얼마를 사랑해야 그지없는 날이 되나
팔목이 빠지도록 허공에 길을 물어
저렇듯 비밀한 속살
합궁으로 지새는데

다시 태어나면 소나무로 살고 싶다던
어머니 가시는 길 지아비 마중 나와
다정한 저 모습처럼
깍지 끼고 가셨을까

――「무척산 연리목」 전문

흔히 고향은 어머니의 품이라고 한다. 당연히 어머니는 '나의 고향'이며 '나의 집'이다. 그러니 고향은 '어머니'인 셈이다. 누구에게나 공평하게 주어지는 고향과 어머니의 품은 아무리 강조해도 모자라지 않는다. 어머니의 품은 넘쳐흘러도 허기지기 마련이다. 돌아가시면 그 강도가 훨씬 세진다. '생은 늘 그렇게 땡볕을 머리인 채/ 그리움 잊기 위해 무릎을 꿇는 시간'이라는 시인은 어머니를 만나기 위해 '돼기밭'에 무릎을 꿇는다. 생전의 어머니가 가꾸고 일구던 밭에서 시적 자아는 그 시절의 어머니를 떠올리며 호밋자루를 움켜쥔다. 돼기밭에 무연히 내려앉은 '새소리 바람소리'와 '꽃잎'과 땡볕 속에서 일만 하던 어머니를 털어낼 수 없다. '다시 태어나면 소나무로 살고 싶다던/ 어머니 가시는 길 지아비 마중 나와/ 다정한 저 모습처럼/ 깍지 끼고 가셨을까'(「무척산 연리목」)에서는 연리목이 된 소나무에서 어머니를 만난다. 가슴이 절절하면 보이는 것마다, 만나는 것마다 모두 하나로 응집된다.

시집간 누이동생
이름이 나리인데

울 너머 개나리가
앞다퉈 피는 것은

어릴 적
예쁜 네 모습
보고 싶다는 그 말

— 「그리운 이름」 전문

123

1.
손때가 해묵으면 골동이 되는 건지
쇠스랑 호미 괭이 손발톱이 다 닳은
아버지 팔십 평생이 가지런히 쉬고 있다

2.
어머니 장맛은 시집살이 훔친 눈물
아들딸 그리움이 꼬들꼬들 익어가고
또 하루 무탈한 날을 손 모으는 새벽달

— 「뒤란」 전문

어머니 생각나면
달려가는 누님댁

부부가 마주 앉아
가을볕을 털고 있다

우리 집
묵은 살림도
참기름이 돌겠네

— 「참깨」 전문

「그리운 이름」의 시는 형제에 대한 그리움을 보여준다. 간결한 단시조 형의 이 시는 단아하니 예쁘다. 상큼한 향기가 배어나는 것은 '울 너머 개나리'와 '어릴 적/ 예쁜 네 모습'에 있다. 마치 동화 같은, 한 편의 동시와도 같은 정경이 활짝 열리는 것 같다. 고향과 잘 부합되는 '울 너머 개나리'는 어머니처럼, 고향 집처럼 하나로 연결되어 있다. 고향을 그릴 때 덩달아 딸려 나오는 그리움의 대상이다. '손때가 해묵으면 골동이 되는 건지/ 쇠스랑 호미 괭이 손발톱이 다 닳은/ 아버지 팔십 평생이 가지런히 쉬고 있다'에서도 마찬가지다. 고향 집 뒤란에 걸어놓은 '쇠스랑, 호미 괭이' 등은 존재 그 자체만으로도 그리움이 된다. 아버지와 어머니, 그리고 형제자매가 함께 생활한 공간은 소소한 농기구 하나하나 다 품어내고 있다.

집의 '뒤란'의 공간이 품어낸 시간의 역사는 이제 고향이라는 이름의 그리움이 된다. '어머니 생각나면/ 달려가는 누님댁// 부부가 마주 앉아/ 가을볕을 털고 있다// 우리 집/ 묵은 살림도/ 참기름이 돌겠네'라는 소박한 단시조에서 반지르르한 참기름이 도는 것은 '어머니=누님'의 등식 탓이다. 시적 자아는 고행과 어머니가 보고 싶을 땐 누님을 만나러 간다. 아마도 누님이 어머니를 많이 닮았으리라는 추측을 하게 한다. 시적 자아는 한 걸음 너 나아가 그리움의 대상을 '아내의 얼굴'에서도 찾아낸다. '자는 밤 머리맡에서 아내 얼굴 엿본다/ 꽃 피고 이랑지는 날 왜 아니 없었을까…가랑잎 한 장에도 설레는 가슴인데/ 복사꽃 환한 날은 애들 위한 밭을 갈고'(「사랑의 온도」)
에서 드러난 애틋한 사랑은 고향 집을 그리는 따뜻한 마음과
정서에 잘 부합된다고 하겠다.

　설상수 시인의 시 세계는 매우 온화하다. 섬세한 정서적 향기
와 온기가 가득하다. 대상을 향한 발걸음이 매우 조심스럽다가
도 객관적 실체를 꼼꼼하게 살피면서 거리와 상관없이 성큼 접
근한다. 세세한 부분에 이르러서는 생명의 환희와 아름다움까
지 극화한다. 외연이 가진 한계를 뛰어넘어서 대상의 이미지를
확장하고 이면의 세계를 구체화하는 특징을 가졌다. 시인의 첫
시집의 상재를 축하하며 더욱 폭넓은 시 세계를 구현할 수 있
기를 기대해본다.

설상수 _____

• 경상남도 밀양 출생으로 부경대학교 교육대학원 졸업했다. 2016년 오누이시조 신인상 및
《부산시조》 신인상 당선으로 등단하였다. 2018년 을숙도문학상 우수상을 수상했으며, 한국
시조시인협회, 오늘의시조시인회의, 부산시조시인협회 회원으로 활동 중이다. 현재 「시목」 동
인이며, 영남중학교 교장으로 재직 중이다.

시와소금 시인선 098

푸른 갈증

ⓒ설상수, 2019. printed in Seoul, Korea

초판 1쇄 인쇄 2019년 06월 20일
초판 1쇄 발행 2019년 06월 25일
지은이 설상수
펴낸이 임세한
책임편집 박해림
디자인 유재미 정지은

펴낸곳 시와소금
출판등록 2014년 1월 28일 제424호
발행처 강원 춘천시 충혼길20번길 4, 1층 (우-24436)
편집실 서울시 중구 퇴계로50길 43-7 (우-04618)
팩스겸용 (033)251-1195 / 휴대폰 010-5211-1195
이메일 sisogum@hanmail.net
ISBN 979-11-86550-93-9 03810

값 10,000원